아침달 시집

그녀는 발표도 하지 않을 글을 계속 쓴다

성윤석

시인의 말

그녀는 발표도 하지 않을 글을 계속 쓴다.

나는 매번 지는 느낌이다.

2022년 12월

성윤석

차례

1부
토끼는 빠르니까 두 귀를 세운 채

2부
흰 것은 추위 속에 있고

3부
문장들은 접혀 있었다

4부
어떻게든… 이란 말에

5부
진짜 오리를 타겠다고

1부

토끼는 빠르니까 두 귀를 세운 채

경주하는 슬픔

토끼는 말한다
토끼는 늘 앞서 있으니까

토끼는 거북이 집을 찾아와
다시 경주하자고 말한다

잠만 아니라면 질 리가 없잖아

거북이는 좋다고 말했다
계속 가면 이기는 거지

토끼는 전속력으로 달려
테이프를 끊었다

토끼는 빠르니까

아무리 기다려도 거북이는 오지 않았다

토끼는 출발지를 향해 다시 뛰었다
토끼 앞의 거북이

출발지에서 가까운 곳을 기고 있었다

거북이가 말했다
나도 잠을 잤지 달콤한 꿈도 꾸었지

지난 경기에선 자네가 잠을 자 내가 이겼고
이번엔 내가 잠을 자 자네가 이겼다네

토끼는 이해할 수 없었다
토끼는 늘 앞서 있으니까
두 귀를 세운 채

엎질러버린 문장

내가 잘 살지 못하는 이유 (화단에 다 있다)
인생을 두 부류로 나눈다면
돼지고기를 삶을 때 두부를 넣는 부류와
넣지 않는 부류가 있다
그런 기준이 백 만원 들여 만든 화단에도 있다
가장 견고한 건 견고한 일상이다
시간에 맞춰 일하고 밥 먹고 싸는 것
아무도 깨뜨릴 수 없다
그렇게 살지 못했다는 게
내 실수다
화단에서 말을 엎질렀더니, 이렇게
되어버렸다 이렇게 되어버리는 것

너는 가지 여러
슬픔 으 ㄹ
가졌   구나

사람이 가버 렸

는데　차 ㅅ 잔은

식지 않 았

가장 짧은 시간 다

으ㄹ 보아ㅆ다

겨울 경제

시간들-간수가 오기 전에 캄캄한 독방 바닥을 쇠꼬챙이로

파는 것과 같다

겨울이 오면

그곳 허름한 아파트 아이들은

봄과 여름에 그러했던 것처럼

고층 아파트를 질러가지 못하고

돌아 학교에 간다

눈이 내리고 바닥은 얼 것이다

나는 직장을 버리고

글을 쓰며 살고 있다

이 일은 유효한가

간수가 오기 전에

쇠꼬챙이가 닳도록 바닥을 팠는데

바닥 아래에는

정화조가 있고 배관이 있고

어디인지도 모를 담장 밖의

바깥은

내가 아는 한 가장 넓은 바깥

아이들이 학교에서 돌아온다

이 일은 유효한가

지난봄과 여름에 그러했던 것처럼

나는 이 일을 버리지 못한다

간수에게 들켜

나가는 일수만 늘어난 죄수들을 나는

알고 있다

나가면, 나가기만 하면

내가 먼저 부끄러워하고

그다음에 부끄러워할 바깥

그곳은 뜻밖, 이란

곳이다

옥수수와 밀과 보리는 이미 심어두었다

역사歷史란 무엇인가

예를 들자면,

예를 들 땐 항상 두 가지만 들어
예를 들어 인간은 두 가지 유형이 있어, 와 같이
하얀 얼굴을 가진 동년배 여고생 앞에서
나는 청춘을 버리기로 했지
담임에게 달려들다가 뺨 오십 대를 맞고
부어오른 뺨에 터진 피를 닦으며, 정의 평등도 버리기로 했어
민주화 운동 경력으로 출세하고 유명해진 이들이 있고
고문 후유증으로 지방에서 숨어 살다
아무도 모르게
죽은 이도 있지
변명도 못하고 친구들도 다
외면한 날들 속에서
알코올 중독으로 시체가 된 이들도
있고

그런 이들이… 그런 이들이

모여 가을 운동회를 하는

꿈을 꾸었는데

사람 하나가 모자란다고

방관자인 나보고 끼어들라는 거야

글쎄, 아무 관계도 없는 나보고

나는 나도 모르게 줄을 섰는데

헉헉거리며 달려온

누군가가 무언가를 자꾸 건네주었고

나는 달렸지

이어 달렸지

이어

너를 당신을 허수아비만 선 들판을

오늘을 극복하셨군요

비가 내렸고 이메일을 받았다
그는 줄기차게 자신이 오늘을
어떻게 극복하는지에 대해 장황하게
설명했다
오늘을 극복하다니!
오늘은 사람이 나열하는 감정일 뿐,
오늘은 오늘에 있지 않고
내일에도 없고
과거에도 없다
(스마일이 스마일을 먹어치우듯이)
접시에 담긴 음식들이
내가 먹어치우자
아무도 발견하지 않은 채로
고요 속 부패를 견디다가
다시 씻기고 닦여
다른 접시 위에 쌓이듯이,
손가락으로 튕기면
쨍, 소리가 날 듯한 바로 그 접시 말이다

손으로 누르고 있던 것들

인생에는 몇 가지 사실들이 있다
주방과 식탁
주방과 식탁만 있었던 20년을 보았고
겨울과 폭설
또 겨울과 폭설만 있었던 30년이
있었다
뜨거웠지만
만지면 얼어버렸던 것들
기차 바다 비
사르트르와 보바리가 되자던 그 여자
너는 왜 나를 배신했지?
(그것은 잘한 일)
카페 앞 나무들의 활동들
시월에 피는 붉은 장미
편지의 말투
댓글의 표정들
너의 공허함은
오늘따라 커다랗다

나무 탁자 밑으로 내 길고 긴
지느러미가
몇 번이고 이 술집을
스르르 빠져나갈 것 같아
나는 너의 빈 잔에 술을 채웠다
페인트칠을 해놓은 곳과 안
해놓은 곳이 같이
있는 유리창이 박힌 문에 대해
너는 이렇게 말했다
거기는 오후 세시구나
여기는 새벽 두시인데
시계를 들여다보는 술집 주인의
조바심에 대해
눈이 많이 온다 그치
나는 이렇게 말했다
다 찾았다는 순간의 끝엔 물음만이 남고
또 그 물음이 완성일거라고
술집 문을 나설 때 구두코 위에 떨어지는

눈발 하나
귀갓길을 따라오며
자꾸 하얘지던 그곳을
올려놓는다
나는 하늘을 쳐다보며 걷고
더 가까이 갈 수 없는 사람들에 대해
어이, 너의 공허함은 아직 커다란가
터져버릴까 봐
뚜껑을 여는 대신
손으로 누르고 있다가
이번엔 그것마저 잊혀서
너는 울고 있구나

마르는 시간

멀리 가자 아주 멀리 가버리자
으깨어진 은행 알 냄새 같은
날들을 지나왔다

아욱 상추 애호박 쑥갓 단배추
같은 것을 내놓았으나
그것들은 너무나 잘 말랐다

내가 아는 그의 몸은 앙상한 나뭇가지처럼
야위어갔다
그 가지의 끝들엔 많은 날들
섬뜩한 감정들이 매달려 있었다

연인이여 상대의 성별로 다시 태어나지
못한다면 아무것도 변하지 않을 것이다

시를 쓴다
문장으로 매일 끝을 보려는 것

칼은 끔찍한 것이다

권총의 총구를 입에 쑤셔 넣고
세상의 장중한 음악이 들려오기
전에 가려는 배우여 마른 자여
멈추라

한 번에 끝낼 수 있다면
그런 것인가
인간은 결국 같은 시간을 꿈꾸었던 것인가
나는 한때 이것을 용납할 수 없었다

책

글을 쓰는 일은 실험을 하는 것과 다르다
실험은 실험을 끝낸 뒤 그 실험을 감추기 위해
깨끗이 치우는 반면
글을 쓴 뒤엔 책상 주변이 더 어질러진다
널브러진 책이 대여섯 권
메모지 몇 장
배달 온 음식 그릇
누군가 가져다 놓은
화병의 꽃들
창밖에서 넘어온 나뭇가지
그림자 어른대는
적막의 움직임들
어떤 날은 세상 책들의 본문을 읽지 않는다
표지와 저자 사진과
종이의 질감
가격표
제본 상태
발행인과 편집인들의 이름

페이지 수를 세어본다

머릿속에선 접시 몇 개가

깨져 있다

접시 깨지는 소리를 들은 날은

쓴 글에 실밥 자국이 보이지 않는다

다만 접시가 박살났기를,

접시 깨지는 소리가 더 크게 들렸기를!

여기서 뭐 하세요… 라는 물음에 부딪쳤다

텅 빈 광장에 혼자 앉아 있는데
머리 위에서 무언가가 날더니
눈앞에 새 그림자를 드리웠다
새다
제법 큰 새다
새의 그림자는 몇 바퀴 내 머리 위를
천천히 선회했다
아마도 새는 나를 먹잇감으로 생각했나 보다
몇 년 애완용으로 기른 뱀이
어느 날부터 주인인 소녀의 길이를 재보듯이
나를 먹잇감으로
새는 나의 머리 크기와 손톱
이빨을 살펴보았을 것이다
내가 혼자 있다는 것
무리가 없다는 것
삼킬 순 없지만
쪼아 뜯어 먹을 수는 있다는 것
새의 판단을 기다렸다

날카로운 새의 판단이 부러워서
새는 떠났고
나는 다시 나를 먹잇감으로
팔 길이와
몸통의 무게
숨겨진 발톱 등을 생각해보았다
나를 먹이로
먹잇감으로서의 가치를,

산양/사냥

비 오는 날 화면에서 독수리 한 마리가
가파른 암벽에서 노는 산양 한 마리를 낚아챘다

산양은 들어 올려지지 않으려고 냅다 달리기 시작했는데
아찔한 암벽과 돌밭을 내달리며
목에 발톱을 박은
독수리를 내동댕이치고 발로 밟고
달리는 것이었다

독수리와 산양을 따라온 다른 산양 한 마리는
허공에다 뿔만 주억거리고

배가 고픈 독수리는 끝내 발톱을 놓아주지 않는데
마치 산양이 독수리를 사냥하는 것 같아
다른 산양 한 마리는 따라가며 독수리의 날개를
받아버리려 하고
독수리의 날개를
먹지도 않는 독수리를

몇 차례나 암벽과 돌밭에 내동댕이쳐진
독수리는 크게 다쳤는지
발톱을 놓아버리고
쓰러졌는데

문득 예전에 독수리에 쫓기다 목을 잡히자,
그냥 천 길 낭떠러지 위에서
같이 뛰어내린 산양이 생각났다

독수리 보다 무거운 산양이 생각났다

같이 뛰어내릴 게 나도 필요한데

그것이 세계든 인간이든
자본주의든

자기의 얼굴을 자기의 팬티로 생각하는 사내의 이야기

사진을 잘 찍지 않는다
나는 늘 밖에서 밖으로 나갔다
얼굴이 사진에 박히는 걸
좋아하지 않는다
어릴 때 군대 시절의 사진도
없다
한때 군인이었다는 거
회사원이었다는 거
사장이었다는 거
사진이 몇 장 없다 동료
작가들과도 찍은 사진이
거의 없다
나는 늘 밖에서 밖으로 나갔다
사진이 왜 없냐는 질문에
머리를 굴리다가
아마도 제 얼굴을
제 팬티로 생각했나 봐요,
라고 말했다

팬티를 보여줄 순 없지 않느냐고

나는 늘 밖에서 밖으로 나갔다

그래서 쓴다

문자를 박는다

스스로에게 너에게 묻는다

점토판에 새겨진 최초의 쐐기문자를

생각하며 기껏

문자가 내는 소리를 들어볼래?

세상의 지붕 위로

뜨고

내리는 소리를

편집실

창밖이 늘 밤이었던 사람과

창밖이 늘 낮이었던 사람이

마주 앉아 창밖을 바라보고 있었어

다시는 오지 않을 시간이었고

다시는 있지 않을 만남이었지

때는 가을이었고

다시 오리라는 시간은 창조되지

않았지

발견이라는 말, 은 어디에서

발견되었을까

인간은 왜 문장으로 인쇄되기를 원할까

하긴 어떤 이는 자신의 문장이

거리에만, 거리에서만 위치하기를

바라더라

디자이너는 앓아누웠고

출간은 연기되는 일이 허다한데

대부분의 날은

문장을 둘 데 없어

돌아와 삼켜버리고 말았지

침묵이라는

철로의 침목들처럼

가만히 있기도 해

박수 소리가 끝나는 시간에

알람을 맞춰두었지

박수만 치고 살 순 없잖니

생각은 잘 나지 않지만 둘 중 하나는

정확하지는 않은

문장의 장소를 찾으려는 이에

속했다

은목서

내일도 여기 있을 줄 알았는데
오늘 그 나무는 끝나가고 있었다
누군가 다녀간 듯
그 나무의 서랍은 열려 있었고

그 나무의 창틀은 찢겨 나갔다
가벼운 흔적만으로도
끝나는 것들의 냄새

그 나무의 서체들을 꽃들에서
찾다가 향에 어깨를 내주고 말았다

낮의 자매들이 그 나무의 향을
치마에 묻히고 뛰어놀았지

하나 둘 셋 세월이 사라졌다네

영원이 타들어가는 모양은

모든 것들의 뒷모습이다
영원이 소멸되어가는 기척에

모든 것들의 끝이
바늘처럼 가늘어졌다
이제 정말

나는 돌아설 수 없었고

나는 나쁘게도
백지 한 장을 내밀었다

나는 나비를 만들 순 없다

나비를 쓴다
나비에 대해 쓴다 나비가 주둥이를
들이댄 꽃들에 대해
나는 나비를 만들 수 없다
나비의 재료는
어떤 물질로도 어떤 촉매로도
만들 수 없다
나비를 만들 수 없다는 절망은
기계를 고치는 엔지니어의 번뜩이는
문장과 같다
-세상이 바뀌었어요
나는 엔지니어 곁에서
나비에 대해 쓴다
나방은 때려잡고 나비는
생각하면서 바라보는 이유에 대해
쓴다
- 나는 도덕적이지도 않고
정의롭지도 않아요

나비는 내 팔을 입히고 있는 옷소매 주위와
어깨와 얼굴을 날아다닌다
나비가 나를 쓴다
나비를 만들고 싶다
컴컴한 창고 안에서… 내가 나비를
만드는 동안
나는, 내 그림자도 보지 못한다는 조건이
창고 벽에 붙어 있다

성윤석.

팔월의 배롱나무

절 입구 집 입구 아파트 입구에 배롱나무 심은 뜻을
나는 모른다

팔월에 붉은 꽃이라니, 중얼거리며 드나들 뿐

다만 배롱나무 거죽을 한 꺼풀 벗긴 듯한 미끈한 몸을
기억할 뿐이다

역병도 벌레도 곰팡이도 배롱나무를 통과한 뒤 온다

나는 배롱나무 아래에 앉아 담배를 피우고
소주 한 병을 마신 일이 있다

어지러운 눈으로 배롱나무 꽃잎들을 깨문 적이 있다
배롱나무 미끈한 몸에서 미끄러져본 일이 있다

고대 생물처럼
검고 조그만 벌레처럼

2부

흰 것은 추위 속에 있고

합정동

흰 것은 추위 속에 있고 어둠 속에 잘 있습니다 교반기로 돌리지 않아도 그 무엇과도 잘 섞입니다 저녁은 블루를 내놓고 캄캄해지고 아침은 레드를 쏟고 열립니다 합정동에 가장 많이 놀러 갔습니다 쓰는 자들 책을 만드는 자들이 거기에 있었기 때문입니다 그래봤자 몇 명 되지 않습니다 늘 같은 사람들인데 이제는 늙어가는 모습이 쓸쓸합니다 검은 머리가 다 흰 머리가 되었습니다 쓰는 자들은 어디서 오는 걸까요 쓰는 자들은 나서고 도착하는 자입니다 도착하자마자 나서는 자들입니다 내가 말하기도 전에 나의 말을 낚아채가는 자들입니다 나 또한 그런 부류입니다 책을 만드는 자들은 디자인에 신경을 씁니다 본문에서 나와 본문을 압축할 디자인을 찾습니다 오 합정동은 어디에 놓여야 잘 어울릴까요 합정동에 있는 나를, 뒤적여봅니다 쓰는 자가 되어 한 바퀴 돌아봅니다 나는 합정동에서 너무 멀리 왔습니다 편집자로부터 디자인 된 내가, 디자인 된 동료를 만납니다 우리는 웃습니다 우리는 일그러집니다 흰 것들이 더욱 하얘졌습니다 그립다는 말을 거의 쓰지 않는데 오늘은 생각이 납니다 버스정류장에 이르면 어디

서든 발버둥 치는 강아지 같은 것을 가슴에 안고 합정동을
기다리는 겁니다 그때서야 합정동은 디자인이 끝난 한 권
의 책이 됩니다

힘든 밤인가

—지구

지구는 '버티는 행성'이다.

수긍하고 인정할 만한
세계에 대한 예의가 있는 곳이다.

자기에 관한 거. 내가 나를 버티는 것이
가장 어렵다. 나는 가슴에서 눈사람을 꺼낸다

창수는 오늘 우연히 거리에서
도희를 보았다.

그녀가 시야에서 사라질 때까지
창수는 한 컷도 버릴 게 없었다.

지구는 '못 버티는 행성' 이다.

그래서 버티는 거라고 계속
말하진 않겠다.

가슴에서 눈사람을 꺼냈는데

나는 자루를 던지고 있다

자루를 던지네

자루는 터져버리는 것

사실

사실은 주로 사각 모양 주변에서 일어났다
사실은 진실과는 다르게 생겼지만
진실과 혼동되기도 했다

사실의 문을 열고 폐지를 줍는 노인네들이
그중 철만 빼고 깨진 플라스틱과 유리 들을
아무 곳에나 버려놓고 가는
고약한 노인을 나무라지 못하듯이

사실은 진실의 행진 무리 틈에서
머리를 빼곡 내밀기도 했다

사실은 지옥의 문 앞에서 지키는 개와도
같고

하나의 거짓말을 만든 뒤
아흔아홉 개의 거짓말을 덧붙여
걸어가게 하는 마술사와도 같다

'알아버린 거짓말의 사회' 라고 명명하고
아침 길을 나선다
출근이라는 것이다

그리고

우리는 모두 죽었다
지금의 우리가 그 사실을 모르고 있을 뿐이다

9쪽

어떤 날은 꽃을 들고 있었다
어떤 날은 삽을 들고 있었다
어떤 날은 생선을 들고 있었다
어떤 날은 책을 들고 있었다

가장 싸다고, 정말 싸다는
말이 나왔다

세 가지의 가면
네 개 이상의 자아
제발 절 배신해주세요
관계를 참을 수 없답니다

내 것을 팔기 위해 무엇을 한다는 게
모욕적이었다
그래도 끝내야 한다는 것도
끝이 없다는 것도 알아냈다

왜 끝이 없는가, 라고 물었을 땐
어디가 시작인가, 라는 대답이 들려왔다

어떻게 앉아 있었느냐, 에 따라
하루의 슬픔이 변했다

어떤 날은 꽃을 들고 있었다
어떤 날은 칼을 들고 있었다
어떤 날은 시간을 들고 있었다
어떤 날은
어떤 날은
어떤 날을 들고 있었다

들 수 없는 것을 기어이 들고서는

지하 기사식당에 밥 먹으러 갔다

13쪽

말미에 그이는 이쪽으로
오시면 연락을 달라 하네 말미에
나는 알겠다고 답했지만
연락을 하는 나를 상상할 수 없었네

이 페이지에서 여럿 죽어나갔지

가난하지만 깨끗한 사람이 해준 음식이
왜 맛이 있는 줄 아는가.
그이가 가난하지만 깨끗하기 때문이라네

이런 말을 하고 나간 정신 나간 노인이 있었다지

이 식당에는, 많은 사람들이 몰려왔지만

이 식당을 온전히 펼쳐본 사람은
드물다지

나도 식당은 고사하고
식당 부엌에서 솟아오르는
김이나 쐬고 간다네

이 부엌에서도 여럿 죽어나갔지

말미에 그이는
아무 말 없이 펼쳐 보이는 게
있었다네 누구나 가지고
있는 것이라 하였지만

우산 같기도 하고 설산의 끝없는
봉우리 같기도 하였네

14쪽

원망하는 사람을 보았다
그는 시간을 잘 이용하는 사람이었다

이 세상은 혼자 쓰러지는 사람이
대부분이었다

남의 일이 아니라고 하지만
남의 일이었다

원망을 듣고 있는 사람을 보았다

쓰레기가 며칠째 나뒹굴었다
더 버릴 데가 없다고 했다

넘치는 고통아
더 가까이 오라

원망의 대상이 됐던 사람을 보았다

그는 쓸쓸해 보였다

그는 바다에 자주 나갔다

거품이 밀려오고 저녁이 왔지만

그는 바다에서 아무것도 들고 오지 않았다

덩그러니 남아 있었다

결국은 해명이 됐던 해변

야구공

파울볼 하나가 날아가 주택 유리창을
깨뜨렸다

평평한 운동장
모두가 멈춰 서 있다

검은 주심과
흰 투수가 서로를 바라보고 있다

따악, 하는 소리가 구름에 걸쳐져 있다

날아가지도 못하는 문장을 옆에
끼고
관중석에서 푸른 하늘을 올려다본다

저 하늘처럼 내용 없는 아름다움은 있어도
사연 없는 아름다움은 없지

야구공

언제 무언가를 깨뜨려본 일이 있었던가
기울어지기만 했던 운동장
기우는 일만 남은 운동장

내 생이란, 막 던진 거 맞다

불펜에서 어린 투수들이 몸을 풀었기를,

"내용 없는 아름다움처럼", 김종삼, 「북치는 소년」 부분.

잠

꿈을 꾸면서 다른 쪽이 있다는 걸
알았다
다른 풍경 다른 집 다른 나
바닥에 떨어진 '밈'이란 낱말을 주웠는데
'맘'이었다
주인공이 사물함을 여는 문장을 읽었는데
엑스트라가
집주인이 되는 페이지로 바뀌어 있었다
나는 가짜였고
진짜는 너였다
꿈에서 만난 낯선 사람들
그들은 나를 잘 아는 사람들이었지
어떤 이는 꿈에서 살고
현실에선 잔다고 했다
그래도 살고 싶다고 했다
이쯤 되면 신도 더 이상 잃을 게 없을 텐데
아직 건재하다
다 보여줄 수 없고

다 볼 수도 없어
액자 시장이 아직 건재한 것처럼
신은 액자로 걸려 있다
액자 밑에 소파
소파 위에 잠
아무도 꿈꾸기 전으로는 돌아갈 수 없다
사람만이 비명을 지르는 건 아니다

기후 행동

비가 오다가 번개가 치다가 젖은 길이 환해지는
날엔 아무래도 나는 언젠가 그 언젠가 사람을
죽여본 일이 있는 것 같다

임신한 것도 모르고 약을 먹어 낙태해야 했던
우리의 첫아이가 검은 숲속에서 울며
나를 부르는 꿈

그런 꿈만 남았다 낡은 침대 베개에 고개만 대면
어지러웠던 날들은
내게 비극일까 희극일까

이웃들이, 오래전의 이웃들이 묻혀 있을 길을
건너간다고 생각한다
어떤 고고학자도 도굴꾼도
발굴하지 않을 길들의 지하에서

아무래도 나는 언젠가 그 언젠가

가슴에 폭탄을 두르고
어두웠으나, 환해지는 곳으로
천천히 걸어가 스위치를 누른 적이 있는 것만
같다

언젠가 그 언젠가
백열구를 주렁주렁 단 음침한 공장 안에서
배가 부른 여자와 함께
하루에 샴푸 뚜껑 일만 개를
생산한 적이 있는 것만 같다

라디오가 없었다면
불가능한 샴푸 뚜껑
일만 개 속의 불량을 잡아내면서

해변이 어디 있는지 아세요

파도가 들어오면 물의 끝에 서는 것들이 있다
해변에 서 있으면 손에 해변을 들고 있다고 생각한다

밥 먹으러 가는 식당은
늘 이 세계의 끝에 있는 거 아닌가
그래서 밥 먹고 가, 라고 말한다

그게 아름다웠다
식당에서 헤어지는 사람들
식당을 나와 다시 시작하는 거

파도가 들어온다 그때 물의 높이는
마음의 높이다 물러서는 법이
발끝에 있다

이번 생이란 없다 이번 생, 이라는 건
모래밭에 이미 스며든 첫 번째
바다 같은 것

해변이 어디에 있는지 아세요

물의 끝에 서서
손에 해변을 들고 있다고 생각한다

그 어디에도 가져갈 수 없는 해변

겨울 공장

겨울 공장에 갔다
겨울을 생산하는 공장 허연 입김이 올라오는 공장
(아내는 눈썹 같은 돈을 모아서
나에게 주고)

공장 옥상에 올라
겨울 공장 지붕들과 굴뚝 연기를 보면
생산의 기쁨과 슬픔의
철제 사다리 아래로
(공장의 철제 사다리만큼 효율적인 건 없지)

눈이라도 내리면

기다려도 오지 않는 것들이 가득한
이 세계를

내가 일부러 선택해서 온 것 같지 않아?

(아내는 눈썹 같은 돈을 뽑아서
나에게 주고)

내 마음은 공장 앞 돼지국밥집이었다가 해장국
집이었다가 생선구이집이었다가 찜집이었다가
국숫집이 되었다가

지금은 텅 빈 가게

내놓은 가게처럼

자꾸만 비워져가네
텅 텅 텅 안으로 비워져갔지만

겨울 공장에 갔다 하청 공장들
겨울을 생산하다 겨울이 돼버린 공장들

비와 요리

구름은, 자신은 추락하지 않고 대신 비를 떨어뜨린다
구식 음악을 틀어놓고 요리를 한다
너는 어쩌다 사랑을 잃었니… 내가 나에게 묻는다
파를 다듬고 새우를 볶고 올리브기름을 두른다
무리를 지으나, 무리를 짓지 않는 건 구름뿐이
아니겠어…
후추를 뿌리고 와인 병을 딴다
너는 어쩌다 사랑을 잃었니… 술을 마시고 옆집
벽에서 흘러나오는 아이의 그악스러운 울음을 듣는다
볼륨을 높인다 빗소리가 음악에 잠긴다
한 사람이 요리를 하는 밤이 비 오는 밤이다
너는 어쩌다 사랑을 잃었니… 닭살을 튀기다
그는 주저앉는다
각자의 접시에 담은 음식들을 한곳에 쓸어 넣는다
한 사람이 음악을 듣는 밤이 비 오는 밤이다
나는 사랑을 다 잃었다고 마음먹는다
지나가는 것을 믿지 않는다
창밖 비 오는 들판으로 음식들이 쓸려 가 다시 뿌리를

내리고 꼬리를 얻고 잎을 틔우는 환영이 음표처럼 지나간다

너는 어쩌다 사랑을 잃었니

길고 긴 길을 생각하는 밤이 비 오는 밤이다

동창회

동창회에 갔다

출세한 동창들만 참석했다

나는 참석하는 동창을
따라왔다

모두가 있었던 곳이 확실했다

어디 있었지? 라는 물음에…

얼버무렸다

책꽂이 같은 곳에

공원의 풀숲 같은 곳에
꽂혀 있었던 것 같았다

당도한 벤치에 잘린 귀는 있는데
고흐는 없는 그런 곳

힘든 밤인가

—눈이 온다

모든 사물이 파동으로 이뤄진 것이어서
부서지지 않는 것이 없다 아마도 내일
은 혁신적이고 모험적이고 위험한 것이
있겠지 기계가 우리들 앞에서 갸우뚱할
날들이 예정되어 있잖아 학습된 인간은
어떤 표정으로 있었을까 매일같이 엘리
베이터를 기다리는 소시민들과 같이 층
수를 올려다보고 있을 순 없지 층수가
없는 엘리베이터를 탄 적은 있었어 사
실은 모든 층이 원래 층수가 없는 것이
지 자연은 부서지고 실망하면서 아름다
워지는 것이니 우리는 성공하기 위해 쓰지
않아 걱정하지 말자고 이제 우리를 아는
사람은 우리밖엔 없을 거야 그것이 작
은 연대든, 혼자든, 눈이 와 같이 떨어
지지만 혼자 떨어지는 눈이 온다구

3부

문장들은 접혀 있었다

4월식 문장

4월에는 달이 하나 더 접혀 있다
공평하지 못하게

네가 어떻게 돌아왔느냐고 나는 물었다

너는 네가 돌아왔다는 것은
그 돌아온다는 일이 4월식 문장
같은 것이라고 말했다

4월과 4월 사이에 있었던 일
알뿌리 식물 자기도 모르게 짓이기듯
앞으로 일어날 일

4월에는 슬픔도 어려지고
꽃들도 뒤로 걸어갔다

나는 네가 어떻게 왔는지
어디서 왔는지 다시 묻지 않았다

너는 늘 4월과 4월 사이에 있었기
때문이다

나를 보면서 오지 않고
나를 보면서 가던 것들만
4월에 있었다

무서운 연두들이 눈을 뜬 채
나를 보며 짙어갔다
아무리 쓰려 해도 써지지 않는
연두들이었다

4월식 문장 같은 것이었다
공평하지 못하게

문장들은 접혀 있었다

목련 그늘

잠이 없는 자리에 별이 생긴다
목련나무 아래를 지나면
목련나무 아래를 지나는 그늘을 본다
옆집 무화과나무에 그늘이 생겨
장미가 피려다 마는 것을
바라보면, 피려다 마는 장미의 그늘을 본다
노란집 담장에 더 환한 노랑을
칠하면 더한 노랑의 그늘
당신을 생각하면 당신을 생각하는 그늘
당신을 그만두면 당신을 그만두는 그늘
거리에 불빛 들어온다
목련은 그때 목이 떨어지고
옆집 노파는 리어카에 버려진 세탁기를 싣고 오고 있다
끝없는 그늘들에게
노파는 가끔 포옹을 한다
노파를 지키는 신은 있을까
나는 내게 물었고
아흔여덟 명이라고

내가 내게 대답했고

아흔아홉 명은 왜 되지 않겠느냐고 다시 되물었다

목련 아래에 오래 서 있으면

목련 아래에 오래 서 있는 그늘

나는 내 그림자에 바싹 붙은 내 그림자를 본 일이 있다

무화과

이것은 지중해 연안의 뙤약볕에서 지방의 산복도로
가정집 담벼락까지 이어진 이야기

열매가 열리고 거의 보이지 않는
구멍으로 말벌 한 마리가 들어가 수정하고 나오다 날개
가 다
부러져 식물의 즙이 된 이야기

유전자에도 새겨지지 않고
아무도 말릴 수 없는 노파의
전설 그 조그만 구멍으로
기를 쓰고 들어가려는, 오 들어가려고만 하는 이야기

지방의 흔하디흔한 삼겹살집에
둘러앉아 질긴 고기를 씹으며
느끼는, 우리가
집어넣었지만 발이 녹아버린
계절의 참담한 정신들

벌이 녹은 꽃을
디저트로 내놓고 누가 먹고 누가
먹지 않는지를
주인은 흘깃 쳐다보는데

속에서 혼자 꽃핀 것들은 왜
이리 다들 붉은지
정신들은 왜 곪아가며 익어가는지

올해도 나무는 꽃의 손가락을 모아
주먹을 내밀었지만

노파의 웃음소리와 함께
부러진 날개를 등에 달고

우리 참 오랜만에 만났다
그렇지?

비명을 지르지 않는 양들처럼

오늘은 벼락치기 숙제를 해 온 아이처럼, 있다
청춘을 버리기로 작정한 나무 아래 같다 오늘은

인간이 전체라는 타월을 목에 두른 개인, 같다는 생각

사람의 마을에 당도한 양들은 울타리를 치워줘도
떠나지 않는다

마취도 없이 양의 항문 가죽을 벗겨내도

비명을 지르지 않는 양들처럼

바닥이 없었으니, 높이도 없었던 문장들만
창틀에 쌓인다

언제부턴가
무슨 일에도 눈물이 나지 않는다

언제부턴가 슬픔에게선
아무것도 찾아지지 않는다

내 눈썹이 길어 내 눈을 찌르듯
사람의 여행이
보이지도 않고 들리지도 않는다

여러 가지 야채를 썬다
잊기로 했나, 하고 싶었던 말이 생각나지 않는다

들어보려고 애를 썼지만
수북하게 쌓이는 야채들이
아무런 비명도 없이 녹고 있다

소고

새롭지 못해서 울고 있는 사람을

보지 못했다

새롭지 않아서, 자신의 모든 것이 그래서

울고 있는 사람은 없었다

내가 그곳에 가서 (그곳은 울기 좋은 날씨로 가득해)

한번 울어볼까, 여긴 울기 좋은 곳이야

크게 울어볼까, 했지만

그곳에도 갔지만

울음은 언제나 구태가 의연해

너무 전통적이야

새로운 게 없어서

다들 떠났지만

새로운 걸 찾았으니

새로운 게 없을 수밖에

가상의 텃밭에

나는 농사를 짓는다

가끔 이마에 땀을 훔치는

행동을 한다

희망을 가져본다

서울에 나는 자러 왔다
지방에선 숨 쉴 수가 없었다

새해의
희망도 하루 만에 늙어 너덜너덜해진 걸레가
되어버렸다

희망은 가져보는 것

희망은 희망이 없을 때 가져보는 물건이 아니었더냐

한때 공포의 의자, 공포의 친구가 아니었더냐

공터에서의 희망 축대 옆 계단 위에서의 희망

도서관을 힘겹게 올라가던 희망

희망은 싸구려가 되었다

시간의 뜨거운 체계였던 희망이 아니었더냐

식어버려 시린 희망이 진짜가 아니었더냐

일찍 돌아가신 아버지는 말씀하셨다

무엇이든 잘 먹는 놈이 희망이야

아니다

그 희망은 야채와 해물을 피해 달아나는

미래의 그림자들로 변신했다

그들에겐 붉은 고깃덩이가 희망이다

나는 요리를 한다 칼로 야채를 썰면서

밤의 알약을 털어 넣고

벼랑만을 털러가자 새여

달 뜨듯 뜨는 얼굴을 떠올리며

무엇이든

(중후하고 늙은 배우의 목소리로)
중얼거린다

희망을 가져본다

방랑자들

1.

물에 떠 있기 좋은 배의 선, 공기 속을 날기 좋은 나비의 선을

오래 바라봤다 그리고 그는 떠났다

떠나기 좋은 어깨의 선을 가진 사람을 좇아서, 만나는 사물들마다

선만 보인다 했다

아파트 공장 출근하는 사람, 버스 자동차 기차의 선들이 지나가면

기타의 굴곡진 선을 만진다 했다

에곤 실레는 어쩌자고 에곤 실레의 선을 만들었을까

2.

그 아이는 환 공포증이 있다고 했다 둥근 것을 보지 못했다

농구공이 발밑에 굴러오자, 숨을 쉴 수가 없었다고 했다

비행기를 타고 대륙을 건너갈 때 지구의 둥근 선을 보면

공포가 온다고 했다 시간이 따라오고 겹치고 툭, 떨어져 나간다고

했다 낯선 곳에 가면 자신의 몸속에 있던 여러 나라의
자신들을 게워내는 것 같다고 했다

3.

그는 병이 들었다고 했다 아무 곳에도 가지 못한다고
했다
갈 필요가 없는 사막 머물 필요가 없는 초원 새벽의 눈길
만이 남았다고 했다 그곳들에서 산다 했다 열심히 기도
했으나
막상 죽고 나면 갈 곳이
없을 거라고도 했다 그는 병이 들었다고 했다 자신의
병엔
자신의 뜻도 있다고도 했다

날아가는 모든 것

날아가는 모든 것을 만지지 못한다 내 손 안에서
팔딱거리는 심장을 가진 다친 참새를 만져본 이후로

피부 거죽도 없이 심장을 맨손으로 만지는 것 같아서
사람을 잘 사귀지 못한다
결국은 내가 떠나든지 당신이 떠나든지

날아가는 모든 것을, 새 비행기 연
오래 보지 못한다 딸려 들어갈 것만 같은 공포가
공중에 있다

구름은 이뤄지지 않는 형식으로
비를 먹어둔다

행복한 건 오래 못 버티겠더라 너의 말처럼
나도 공원에 혼자 서 있다
날아가는 모든 것을 만져보지는 못하고

날아가고 없는 모든 것들의 눈에 잘 띄려고

안개의 각도

해무가 끼었다

안개 속에서 기척을 만들어냈다

너의 발이 지워졌다

오전에는 탄소가 인간의 몸에 지시하는 일들을

나열하다가, 지웠다

오래된 집을 다시 지났다

침묵을 만들어냈다

집을 바치고 있는 기둥들에 들어가보았다

밑이 부식되고 있는 쇠붙이

연장하는 일과 연기하는 일들이 떠올랐다

가두어 두고 온 일들

종잇장같이 얇아지는 벽들

안개를 벗어나면

안개의 각도가 보일 것만 같았다

너의 눈이 지워졌다

보이는 것과 보이지 않는 것을

그 이유를 썼다가 지웠다

은백색 금속 위에 구름을

띄워보았다

보이진 않지만

얇은 금속판에선 뜨겁고 외로운 진자가

오르락내리락하고 있음을

알고 있었다

안개의 알갱이처럼

혼자 있다는 것은

너무나 작게 있다는 것을

나는 만들어냈다

실시간

어디 가니?
갈 곳이 마땅찮을 때 꼭 이런 물음을 듣는다
날이 새고 화분의 흙은 줄었다
비둘기와 고양이가 눈에 잘 띄는 사람이 되지 않으려고
앰뷸런스의 꽁무니를 끝까지 보는 사람이 되지 않으려고
화원의 꽃들에게 쪼그리고 앉아 있지 않으려고
너는 먼저 갔고 나는 나중 간다
나날들의 구두를 신었다
죽은 자의 책을 들고
죽은 자의 책은 읽어 무엇하나
실시간이 아닌데
어디 가니? 라고 물으면 대답을 하지 않는
친구가 있다
친구에게서 배운 게 많아
신호등을 여섯 개 건너고 가서
붕어빵을 사 먹고
잠시 눈을 기다리다가
다시 신호등을 여섯 개 건너

돌아온 곳은

어제의 집인가 다른 집인가

이 집에 많은 일이 있었다

그래도 아직은 얌전한 것들

지금 냉장고에 있는 것들

살아 있는 것들

눈 내리고 있는 곳들

어디선가에서 잘려 와 무섭게 국을 끓이는 불꽃들

낚시

낚시꾼

한 가지 말만 하는 사람이 벙거지 모자를 쓰고 해바라기 밭을 지나 호수로 왔다 한 가지 말만 할 줄 아는 사람이라고 했다 해바라기 밭에 그의 그림자가 나동그라지며 따라왔다 그가 한다는 한 가지 말이 무엇인지는 몰랐다 물어보지도 않았다 알고 보면 모두 한 가지 말만 하고 사는지도 모르겠으니까, 왜 살아요? 걔가 불쌍해 외로우니까 억울하다구 화가 나 어쨌든 하나의 말도 가지를 가지는구나, 라고 생각했다 해바라기는 해에 관한 한 가장 도발적인 태도를 가졌다 많은 것들이 해바라기인데 혼자서 그 이름을 쓰고 있으니, 나는 그의 한 가지 말을 엿듣고 싶어 여러 가지 물결 사이에서 맴돈 적이 있다 모든 그때는 이때다

미끼

ㅊㅈㅋㅌㅍㅎㅎㅅㄷㄹㄱㅂㅇㅊㅌ

fgsevxzkuytfjjbvdweqkiplcdnm

죽어서도 꿈틀거려 보여야 하는 것들에
대해

수초 사이에서

가장 예민한 것은 숨어 있는 것들이다

물고기

달리다 목매다는 일이 물의 바깥에 집의 바깥에 담의 바깥에 뜻의 바깥에 있다 언덕이 보이고 구름이 보이고 나무들이 보인다 새도 보이고 말벌도 보인다 그 조그만 벌들은 다 어디로 갔을까 물속은 고요하고 달이 들어온다 물고기는 모여 물의 말을 듣는다 밭의 흙냄새가 딸려온다 낮엔 한 화가가 왔다 갔다 사람으로 난 사람들이 말을 하며 물

속의 물고기들을 찾는다 물고기로 난 물고기들이 가끔 물
밖으로 주둥이를 내민다 물속 바닥과 밭과 대지가 갑자기
숨을 쉬지 않는 시간도 있다 별들이 트랙을 따라 달린다
그때 천체에 물병자리가 생긴다

다마스쿠스 그 여자

자기는 군인이고 38살이고 다마스쿠스에서 해외 근무를
한다는 여자가 자꾸 친구 신청을 해온다

이름이 수십 가지로 변하는데, 이름만 변하는 게 아니고
어느 날은 군인 복장이었다가
어느 날은 골프 옷을 입었다가
어느 날은
원피스를 입는다

어머니는 부산에서 태어났고
아버지는 캘리포니아에서 태어났다고 한다

대부분 친구 신청을 받아주지 않는데
나도 그러다가
어느 날은 친구 신청을 받아주었다

수십 개의 계정을 갖고
세계의 인류들을 향해

친구를 신청하는 그 여자

셀 수도 없는 메시지를 보내온다

나는 다 답할 수 없다

질문이 너무 많은 그녀

인생에는 별의 것이 없지만
별것은 별에게나 있겠지만

나는 다 답할 수 없다

아직 팬티까지 벗고 달릴 수는 없으므로

나는 한국의 어느 도시에서 사는가
나는 직업이 있는가
나는 혼자인가 가족이 있는가

나는 죽었는가 살아 있는가

나도 다마스쿠스에 살고 있는 게 아닌가

이명

빗소리가 들리지만 비가 아닐 것이다 뒤엉킨 자동차 경적 소리가 들리지만, 주변엔 어떤 도로도 없다 그는 이제 왼쪽 귀가 안 들린다고 한다 우리는 귀에 대해 얘기했다 길가엔 은행나무들이 반항적이지만, 덜 위험한 노란 은행 알들을 투두둑 떨어뜨린다 뾰족구두가 밟고 가고 운동화가 밟고 간다 우리는 계속 귀에 대해 얘기했다 매일 아침 달팽이 몇 마리가 깨어나고 죽고 굳어 돌이 된 이석이 인간의 평형감각을 담당하고 있다고, 우리는 지구에서 무엇을 담당하나, 깨져버린 은행 알들은 악취를 풍기고 있다 어둡게 느껴지지만 아직 밤은 아닐 것이다 이석이 빠져 반고리관으로 떨어진 어지러운 날들 이석은 사실 이석으로 위장한 아주 큰 바위일 것이라고, 인간을 누르고 있는 바위일 것이라고, 태양은 매일 떠오르지만, 인간이 기다리는 아침은 아닐 것이다

4부

어떻게든… 이란 말에

인간과 숲

도착하면 태풍이 지나간 것 같았다
나무와 숲을 찾아 겨우 도착한 곳은
벌목이 끝난
거대한, 이후의 숲이었다
어떻게든… 이란 말에
수많은 날씨를 집어넣고
떠나왔었다
어떻게든 도착한
텅 빈 숲에 갇혀 떠나지도 못하고
소리 지르는
당신들의 비명에,

내가 말을 놓치는 사이, 얼마나 많은
말[言]의 말[馬]들이 달아나버렸는지

카페

그런 대화를 한다

이상하지
빛이 있을 때 더 안심이 되더라구

나는 타인으로 인해 '타인'이란 존재를
처음 알았다

이런 대화를 한다

그 자리에 내가 앉았더니, 아무도 안 앉더라

한참 뒤에 누가 앉았는데… 내 자리를 빼앗은 거더라

날이 저물고 있었다

길이 자꾸만 다가왔다가
자꾸만 멀어져갔다

그런 대화를 한다

꿈을 꾸었는데 커다란 이빨이 덮쳐오더라구

두려웠지만 꿈이었지

지옥은 꿈속의 이빨 같은 것

나무들이 자꾸만 커져갔다

바닥에 떨어진 동전도 자꾸만 커져
나동그라질 것 같았다

이런 대화를 한다

길을 가는 건 다 용기를 냈기
때문이야

창문들이 닫히고 있었다

전등 몇 개가 꺼졌다

그런 대화를 한다

끝이 없는 위험한 가계야

그렇지만 계속되는 위험한 가계를 줄줄이 달고
가는 사회도 있지

이런 대화를 한다

이런, 술이 떨어졌군

가지런한데 날카롭네 겨울 날씨

모양을 갖추는 겨울밤

한 시절

당신의 말씀은 무거웠지만,
이제 종잇장처럼 가벼워졌다

꽃은 시들고, 개 중엔 핀 채
마르는 꽃도 있어

이 세상 것이 아닌 질감을 갖는다

잃어버린 것은 셀 수 없는 것이다

나는 잃어버린 것을 자꾸만
다르게 기억하는구나

몇 사람이 모였지만
우리는 더 이상 아름답지 않다

몇 사람이 모여서
아무것도 기다리지 않는,

아무것도 기다릴 수 없는 계절이 온다

당신을
빨리 감기 했으면서 다 봤다고 말했다
그래서 늘 문밖엔
장면들이 도착해 있다

벗어놓은 바지

벗어놓은 바지가 움직이는 것 같다
구제 세일 옷가게에서
점퍼는 사도 바지는 안 사게 되더라
점퍼는 감싸고
바지는 서 있게 하니까
대개는 영혼을 아끼는 거지
사람의 몸이란 긴 거울 속에 있는 것
하루의 겨울
비 오는 겨울에서 돌아와
바지를 벗어놓으면
벗어놓은 바지는
무언가를 받치고 있는 대 같아
몸과 영혼이 동시에 빠져나가고
빠져나갔지만
그대로 일어서서
걸어 나갈 것만 같은,
길은 매일 와 있지만
밖으로 나간 지 오래

바지는 엎드려 있다네

바다 앞에서 거북이 멈칫거리는 것처럼

이게 아닌가

창밖은 다 내 잘못이야

어떤 장소들

여기에 입 닫은 우물이 있었는데
연립주택이 입을 열고 있었다

이제, 이제는 하늘도 옛것이 아니다

잘려 나간 동백들 중 한 그루는 남았다

나무를 볼 때, 그 나무의 뿌리를 생각하며,
그 생각한 나무를 한 몸으로 바라보면

그 나무 전혀 다른 나무가 되듯이

여기 집터로 남은 집

길이 되어버린 아궁이

마트가 되어버린 시장

당신들 그리고 나

냄새들 삭은 철 계단들
하수구들 어디에도 기록되지 않은 것들

떠난 모습이 가득하다

이석耳石

의사는 얘기한다
귓속의 돌도 가루가 있다오
지금 어지러운 건 가루 때문이지
돌은 제자리에 들어갔다오
의사는 떡고물에도 비유한다
떡이 있었던 자리 떡이 굴러 떨어진 자리에
있는 고물을 상상해봐요
나는 상상해본다
귓속의 돌을 단어라고 생각해본다
어떤 단어를 쓰면
세계는 변할까
그 단어의 힘으로 왼쪽으로 누워
고개를 돌리면
기울어진 운동장을
조정할 수 있을까
의사는 다행이라고 얘기한다
다행한 병증 다행한 불행
다행한 세상

새롭지만 어두운 가능성의 단어들

환자는 죽겠는데

의사는 대수롭지 않은

단어를 생각해본다

단어를 제자리에 넣었다

단어의 가루들이 떨어졌을 테지

귀벽에 붙어 있기도 하겠지

단어가 단어를 부르기도 하겠지

단어가 단어를 뒤집어쓰고

아닌 듯이 있기도 할 거야

☾ 이석: 귓속의 돌. 인체의 평형감각을 담당한다

들

들판에 서면 거대 문장들이
속속 들어온다
밀밭을 지나
전선 위에 앉은 까마귀 떼들의 그림자 아래로
옥수수는 익어
뽑히고
폐광에서 흐른 내에는
사금이 흘러 박혔다
금을 나노로 쪼개면
무지개 색을 낸다지
전혀 다른 물질이 된 금을 생각해본다
초월할 수 있는 것들 초월하고 있는 것들
감정들 위로
문장이 쌓인다
문장을 쪼개 무엇을 만들까
다 큰 것들이었다
끝없이 쪼갤 수 있는 것들이었다
들길을 포복하며 타고 오르며

거대 문장들이

오고 있다 그 들에 서서

사라진 사람들 대신

흩어진 그들 대신

비명을 질러주며 간다

부엌

허리를 굽히는 부엌은 사라졌다
연기처럼
고개마저 숙이지 않는 부엌이 올까
쫓겨 달아난 곳이 현재라면
미래가 남아 있을까
미래에 대해 분노해본 일이 없는 것 같아
방이 곧 부엌이고 부엌이 곧 거실인
곳에서
이 집에서 떠난 사람과
사라진 사람들의 가구들이
밖으로 튀어 나오고
그 뒤로도 쭈욱 계속되는 대화들
(넌 너밖에 모르잖아)
(밥은 먹었니?)
(당장 다음 달부터가 문제야)
(뭐가 중요해?)
왜 미래에 대해 분노하지 않았을까
현재의 부엌에서

삭정이를 집어넣던
아궁이가 나타나고
굳이 옛 부엌에 대해 쓰자면
그때서야
밀가루는 밀가루 같고 배추는 배추같이
있다

우연

너의 걱정에 나는 얘기할 수 없었다 걱정의 벽이
이미 너를 삼켰으므로

더는 너와 같이 있어줄 수 없어서
나는 화면 밖으로 나왔다

밖으로 나갈 때 머릿속에서 있던 어떤 망설임과
문턱을 넘는 나의 운동화가 동시에 이뤄졌다는 것만 남
았다

우연히 너를 만났지만
우연이란, 소설이나 영화나 드라마처럼
자주 겹치는 게 아니다

우연에는 길고 긴 거리가 있다

넘어가면 베이는 철조망과 담장 들이
걸쳐져 있고

깨진 보도블록 사이로 핀 쑥부쟁이 꽃도 있다

그곳에선 몇 번이고 돌아선 네 그림자와
내 그림자가 있다

그림자들은 거의 만나지 못한다

소용돌이친다

32평

여자는 식탁 위 마른 꽃 꽂힌 화병이 되고
사내는 소파가 되어
리모컨을 누르고 있다
아들은 메타버스 속의 건축가가 되어 있고
딸은 자고 있다
여자는 단호박과 아보카도와 견과류로
식사를 하고
사내는 귀찮은지 라면을 끓인다
뒤늦게 아들이 나와
양고기를 와인에 구우며
후추와 향신료를
양고기 위에 찹찹 뿌린다
아무도 말을 걸지 않고
할 말이 있으면
핸드폰 단톡방으로 들어간다
아파트의 뷰는 아파트다
아파트가 지향하는 건 아파트다
아파트가 가고 싶어 하는 곳은 아파트다

고작 32평 속에
사내는 앉아 있다
다른 곳의 32평을 생각하면서

32평을 세로로 말고
또 32평을 가로로 말아
연결하면
중간에 통로가 보인다
속을 들여다보면
그 구멍은 없다
그렇게 보일 뿐이다

식구다

재난

재난문자가 들어오자 그는 빅맥을 주문했다
빨간 스피커 모양의 재난 알림 문자가 한 번 더
들어오자 그는 빅맥을 우적우적 씹기 시작했다
'도대체 재난문자가 왜 이렇게 자주 들어오지'
줄 선 여성이 투덜거리는데도
그는 먹는 데만 열중했다
입 속 가득 소고기 패티와 밋밋한 육즙 야채의
서걱거림 토마토의 뭉개짐을
음미했다
그는 재난문자를 들여다보지 않았다
여기 오기 전에도 여기 와서도, 여기를 떠나서도
그는 들여다보지 않을 것이다
종로와 광화문 신촌 등지에서는
어떤 모임이 있었고 어떤 집회가 있었고
어떤 예배가 있었지만
그는 빅맥을 씹으며 콜라를 마시면서
주위를 살피는 데만 열중했다
세상은 끊임없이 그에게 재난문자를 보냈지만

소용없었다

그는 마스크를 다시 쓰고 군중 속으로 들어갔다

세상은 그가 보이지 않았지만, 그에게 계속 재난문자를 보냈다

마치 그에게 도와달라고 구해달라고 빌딩과 건물이 표어와

안내 문자들이 매달리고 있었다

빅맥은 얼마든지 제공할 수 있는 세상이……

중정이 있는 낡은 상가

중정이 있는 낡은 상가를 생각해보자 일층 가게의 창과
맞은편 가게의 창 이층 사무실 창과 맞은편 사무실 창이
마주 보고 있으나 마주 보고 있지 않은 창문들을 생각해
보자
이 창문들에 매겨진 세금들을 생각해보자 중정이 있는
낡은 상가 이층 사무실에서 일하고 더러는 귀가하지 않고
잠도 자며 생활하면서 중정이 있는 낡은 상가를 염두에
두자
낡고 부서진 공동화장실은 보수했고 새로운 변기들은
낯선 자리에 다시 앉았다
분식과 양식과 백반을 받아내면서 공공작업을 나온
노인들에 의해 하루에 한 번 씻겨나가는
화장실을 돌아 3층 옥상에 이르면 수십 개의 실외기들이
비든 눈이든 바람이든 받아내며 서 있다
중정이 있는 낡은 상가에서 아침이 끝나고 점심이 끝나고
저녁과 밤이 끝난다
중정이 있는 낡은 상가에서 낡고 헤진 수건과
깨진 화분과 고양이들을 끌어안으며 자꾸만

가두고 있는, 가두려 하는 중정을 바라다보며
중정이 있는 낡은 상가를 상상해보자
이 모두가 중정이 있는 낡은 상가를 받아내는 일이다
중정이 있는 낡은 상가엔 여섯 개의 통로가
나 있고 늘 셔터가 내려져 있지만 그 통로들 또한
내가 가진 내 마음이다

두부

부두에서 두부를 씹어 먹는 사내를 보았다 중국배가 드나드는 곳이라 어디서 온 사내인지 알 수 없었다 죽은 상어 한 마리 척 어깨에 둘러메고 휘적휘적 걸어가버리던 사내인가, 했지만 알 수 없었다 교도소는 여기서 멀다 부두를 두부라 하고 두부를 부두라 해도 상관없어 보였다 씹어 먹는다는 것은 입 속에서만 일어나는 일이 아니기에 나는 그의 눈빛을 몰래 보았다 사내는 두부를 몇 입에 다 먹어치우고 팔뚝으로 입을 닦았다 그리고 바다를 바라보았다 바다를 두부라 하고 부두를 바다라 해도 상관하지 않을 것 같았다 바다가 두부로 보이고 부두가 바다를 꽉 물고 있는 사내로 보였다 내 착각은 바다오리처럼 날아오르지 못할 것이었다 많은 것을 다 받아들이고 먼 곳까지 와서는, 부두에 서서 씹어 먹히는 두부가 있는 한

5부

진짜 오리를 타겠다고

얼굴

얼굴의 재료는 얼굴이다

시의 재료가 시이듯이, 사라졌지만

뚜렷해지는 얼굴이 있고 앞에 있지만 모르겠는 얼굴이 있다

이것의 재료는 무엇인가요, 라고 묻자

이것의 재료는 이것, 이라고 상인은 답한다

나는 분개하지만, 나는 틀렸다

내 얼굴에는 뜻이 없다

봄도 없고 저녁도 없다

항상 내 정의가 이기는 세상은 쓸모없다

누군가는 서서 잊고 누군가는 누워서 잊는다

비

처음 본 문자처럼 비가 내린다 비에서 문자를 찾는다 'e' 발음을 가진 물 덩어리가 지붕위에서 쏟아진다 나는 멀었다 비에서 다른 언어를 찾는다 'l' 발음들이 떨어진다 비를 맞아보았다 한 걸음 한 걸음이다 한 걸음에 안과 밖이 바뀌고 젖는다 수많은 l들이 어깨 위에 떨어지며 무릎을 접는다 그것들은 흐른다 인간처럼, 한 걸음 항상 여기에서 저기까지가 나는 멀었다

상자

책상 위에 조그만 상자를 두고 간 것은 누구의 손이었을까 미량의 감정이 조그맣고 검은 상자에 생긴다 나는 물병을 그 옆에 둔다 이 물에는 칼륨과 나트륨 칼슘과 마그네슘이 녹아 있다 나는 그것을 생각하면서 이 물을 마신다 미량을 생각하면서, 세상 모든 사물들의 미량을 염두에 두면서 아직 세탁하지 않은 겨울 외투엔 너의 미량이 묻어 있다 다시 조그만 상자를 두고 간 것은 누구의 눈빛일까 상자란 시간을 상자에 가두는 것 열어보지 않는 한 이 검은 상자 속 미량의 시간들은 커져서 세월 속에 한 구덩이가 될 것이다

외출

너는 문밖으로 나오지 않는다 식구들이 하루에도 몇 번이나 네 방문에 못을 박아버리고 싶은 충동에 시달리도록 너는 나오지 않는다 너는 메모주의자냐 너는 문장수집가인가 너는 대답하지 않는다 겨울이 오고 첫 동백이 피었다 첫 첫 첫 첫눈도 내릴 것이다 너는 나오지 않는다 식구들은 네가 오랫동안 나오지 않을 것이라고 생각한다 물론 모든 생각은 착각이다 나는 어떻게 해보려고 하지만 사람에 대해선 별로 아는 게 없어 다시 동네만 한 바퀴 도는 걸로 오후를 마친다 동백은 흑막 속에 붉음일 때 가장 동백답다

어느 날 너는 방 안 침대에서 사라졌다

문을 열었더니 외출, 이라는 단어가 먼저 나갔다

사랑

물병 뒤에 둡니다 아닙니다 그쪽에서는 물병 앞일 수도 있네요 당신은 이 물병을 들고 가서 물병자리를 만드는 사람 제어할 수 없는 감정이 창 밖에서 비를 맞고 있습니다 나는 그냥 바라봅니다 그냥 바라볼 수 있다는 게 있어 괜찮습니다 어둠이 사라졌다고 아침이 된 건 아니니까요 눈물을 감정수라고 이름 붙이고 코르크 마개를 꽂은 뒤 선반 위에 올려둡니다 이제는 읽지 않는 시집이 두 권 소설집이 한 권 그 옆에 있습니다 낡은 창을 열던 순한 사람이 아주 축소된 채 그 선반 위에 걸터앉습니다 나는 쓸데없이 커졌습니다 한 사람과 마주 볼 수 없습니다 달이 물병 속에 빠졌습니다 뒷날을 물병 앞에 둡니다 아닙니다 그쪽에서는 여전히 옛일이 되겠군요 물병 뒤의 옛 그림자 희망은 희망이 없을 때 가져보는 물질입니다

서울

강물을 오래 보고 있으면 우울이 찾아온다 커피를 마신다/하얀 님이 트윗함/천국도 지옥도 없다 홀로 길을 틀라 서울거리 피켓에 그렇게 고쳐 쓰고 싶다 커피를 마신다 눈이 많이 내려 오늘 출근을 못하겠어요 대표님 눈이 내린다 카페에 혼자 앉아 있는 사람이 보인다 혼자 있기를 좋아하는 일은 상처에 대한 결과다 상처는 쌓인 눈 만큼이나 많다 / 파랑 님이 트윗함 하향평준화란 무엇일까 괜찮아요 당신의 유령은 아름다울 겁니다/분홍 님이 트윗함 저기 저 헤어짐을 두고 가는 청년들 아파 보이는 건 불빛뿐이다/검정 님이 트윗함 강물을 오래 보고 있으면 우울이 찾아올까 커피를 마신다 홀로 세계를 틀라

조용한 흔적들

조용하다고 쓰지만 그것들은 시끄럽다 '키는 여기에 반납해주세요' 숙소에서 나올 때 나는 왜 항상 엘리베이터 반납함에 키를 던져두지 않고 데스크에 갖다 주는 걸까 있었던 곳은 믿을 수 없다 가려던 곳은 혼란스럽다 페이지 위에서 끓어오르는 문장들에 소다를 넣어주고 그 자리를 떠났다 겨울이 왔고 언덕 위의 수도들이 얼 때 어떤 문장들은 목소리보다 노래보다 시끄럽다 이웃들은 글을 쓰지 않는 사람들이다 도망쳐! 그리고 도망쳤다 그러나 그곳은 다시 제자리 신발들만 닳아 있다 다시 쓴다 처음으로 키를 엘리베이터 안에 던져 두듯 페이지 위에 마른 꽃병이 다시 서도록 그 들뜸과 눈을 맞추어보던 그때, 라고

시를 쓰는 인간

이제 반항적인 물질로 숨어 있는 문장을 들어 올려 시를 쓴다면 이 시는 얼마나 커질 수 있을까 오늘 오후에 박공지붕 위에서 이 시는 얼마나 넓어질 수 있을까 침대에서 일어나 커피를 마시고 사무실에 나와 다시 커피를 마시고 타닥타닥 타자 치듯이 오후에 시를 쓴다면 이 시는 얼마나 흐려질 수 있을까 밤을 맞아 밤의 기운과 잘 결합할 수 있을까 그건 모르는 일, 요즘 시들은 지면에 박히지 않는다 종이에 눌린 자국이 없다 벌레들이 알을 슬듯이 종이에 활자들이 슬려 있다 걷어내면 자음과 모음 들이 서로 떨어지며 일어날 것만 같다 거기, 거기서 시는 휘발된다 이 시는 확대될 수 있을까 첫 물질로 돌아가려는 이 시 한 편만이라도

비슷한 것이 되어 견디는

사람 곁에 가 조용히 앉는다 그는 기도를 하거나 술을 마시거나 글을 쓰거나 재봉틀을 돌린다 다른 방법이 없다 다른 형식이 없다 다른 말이라도 찾아보려고 왔다 눈이 왔지만 눈이 내리고 있지만 이 겨울에 그의 눈은 없다 다르지만 비슷한 것이라도 되어보려고 조용히 앉아 있다 들끓어 오르는 물은 창밖의 흰 들판과 결합되어가고 얼고 마른 나뭇가지는 유리창의 안과 만나고 있다 비슷한 것은 쉽게 달라진다 작가들에 의해 마를대로 마른 건조한 책들에 눈이 내린다 그의 곁에 가 조용히 앉는다 그의 움직임엔 조금의 할인도 없다 나는 언어를 찾고 있다 언어로 가는 통로를 찾고 있다 언어는 많지만 강물 속에서 반짝이며 늘 쓸려가고 있기에, 나는 그의 곁에 앉아 그를 기억하려고 애쓴다 마치 꽃나무 하나를 마음에 가져가기 위해 지난봄의 꽃나무 꽃 하나하나를 기억해내려는 것처럼

불

불은 칼에게로 얼마나 갔나 불에는 노한 장수가 살고 있는가 불에는 늘 걱정인 어머니가 서 있으신가 불은 칼에게로 갈 때 가장 뜨거운가 불은 나무에게도 가고 집으로도 가고 사람에게도 가고 물에게도 간다 불은 얼마나 가나 얼마나… 라는 갸웃, 에는 애달픔이 있다 애끓음이 있다 얼마나 불은 칼에게로 갔는가 누가 쓰레기 더미에서 버려진 스키 한쪽을 주워 간다 그 속에서 그는 날카로운 칼을 보았고 불을 지폈다 그는 그 칼을 얼마나 발견했나 궁금해 나는 잠 못 이루겠네

물

걸음이 이상해 보이는 사마귀에게 생수병 뚜껑에 물을 부어 머리 앞에 두어보았다 사마귀는 병뚜껑을 탐색하는 듯, 톱니가 달린 다리를 물에 담그곤 가만 가만 물을 탐지해보는 것이었다 마셔도 되는 물인지 확인한 후에야 머리를 박고 물을 마셨다 사마귀가 물을 마시는 동안 나는 쭈그려 앉아 사마귀와 물을 들여다보았다 소금쟁이가 서 있던 물, 물수제비 작은 돌들이 치며 날아가던 물 연꽃들이 올라서던 물 벌들이 한 방울을 입에 물고 멀리 멀리 날아가던 물 꽃잎 속에 맺혀 기다리던 물 사마귀는 병뚜껑에 있는 물 3분의 1도 못 마셨다 머리를 들어 나를 한 번 쳐다보더니, 풀숲으로 걸어갔다 남아 있는 물들도 가만히 있었다 오후도 조용해졌다 나는 물 없이 일 년을 버틴 흙 속의 물고기 같았다 사라진 물의 수위들을 짐작했다

아티스트

그곳에서도 그런 일이 일어나나요 반지하에서만 살아서인지 지상의 일은 알 수 없어요 우리가 제조업의 산과 강에 대해선 침묵하듯이 말이죠 부실한 식사를 계속하다 보면 몸속에 폐수가 흐르는 것 같아요 훌륭한 가문에서 태어난 아티스트들도 더러 있죠 그들의 예술조차 탁월한 경우도 있구요 그러나 그들은 단지 그런 위치 때문에 고통스러워합니다 모두가 자신의 위치에서 고통스러워하죠 한국의 아티스트들은 한국만 한 고통을 붙들고 있어요 많은 일들이 일어나죠 스위스에서도 그런 일들이 일어나나요 대개의 질문에 대답은 아니요, 라고 시작하라고 배웠어요 설사 그래요, 라고 하고 싶어도 절대 그러면 안 되죠 긍정하는 순간 얼마나 많은 드라마가 사라지겠어요 사흘 밤을 새워 일해도 아무 일도 일어나지 않는 곳을 찾아다녔어요 아무도 만날 수 없는 곳 오늘 처음 사람들을 만납니다 제가 방금 처음, 이라고 말했나요 오늘은 늘 오늘이죠 밤은 늘 크고 제 방은 너무 작죠 뭐, 그냥 있어보는 거죠 축하할 일이 너무 많지만요 단체로 오리배를 타러 갔는데 기어코 나는 진짜 오리를 타겠다고 선언하면서요

아침달 시집 28

그녀는 발표도 하지 않을 글을
계속 쓴다

1판 1쇄 펴냄 2022년 12월 26일
1판 2쇄 펴냄 2023년 6월 16일

지은이 성윤석
큐레이터 김소연, 김언, 유계영
편집 송승언, 서윤후
디자인 한유미, 정유경

펴낸곳 아침달
펴낸이 손문경
출판등록 제2013-000289호
주소 03980 서울시 마포구 성미산로 153-16, 2층
전화 02-3446-5238
팩스 02-3446-5208
전자우편 achimdalbooks@gmail.com

ISBN 979-11-89467-75-3 03810

값 12,000원

이 도서는 2022년도 한국문화예술위원회 아르코 문학창작기금 (발간지원) 사업에 선정되어 발간되었습니다.